KB268606

나를 지우다

첫물처럼 우련히 떠 있다
나를 지우겠다는 문자 메시지
우려내 우려내 삼키는 동안
산방 바깥 화야산 골짜기에선
긴 밤을 빠져나온 바람소리가
싸 싸 가슴 속 물줄기 따라
산을 내려가고 있었다
멀리 팔을 뻗은 능선이
철 이른 봄을 살포시 안고
메마른 물소리로 숨을 고르며
잿빛 천을 벗고 있을 때였다
옷을 갈아 입는 것이라고 했다
세상에서 지워진다는 것은

멧돼지

멧돼지

 시작시인선 0096
멧돼지

1판 1쇄 발행 ㅣ 2008년 3월 25일
1판 2쇄 발행 ㅣ 2008년 5월 30일

지은이 ㅣ 채풍묵
펴낸이 ㅣ 김태석
펴낸곳 ㅣ (주)천년의시작
등록번호 ㅣ 제300-2006-9호
등록일자 ㅣ 2006년 1월 10일

주소 ㅣ (우121-883) 서울시 마포구 합정동 355-24 4층
전화 ㅣ 02-723-8668
팩스 ㅣ 02-723-8630
홈페이지 ㅣ www.poempoem.com
전자우편 ㅣ poemsijak@hanmail.net

ⓒ채풍묵, 2008. printed in Seoul, Korea

ISBN 978-89-6021-053-0 03810

값 7,000원

멧돼지

채풍묵 시집

2008

■ 시인의 말

등단 직후
선생님께서는
그만 버리라고 하셨다

그러나 나는
손에 쥐고만 있었다

그 말의 의미를
이제 조금 알 것 같다

천천히
한 곳으로 걸어가리라

III

IV

■ 해 설

화석 읽기

가치 있는 화석이 되려면
급살 맞는 삶이어야 좋단다
배꽃 과수원 하얀 산사태
산마루 치솟는 불길 철쭉 활화산
흙이든 화산재든 순식간에 휩쓸려
향기마저 밀폐되는 시간 속에
아득히 묻혀 버려야 한단다
한 때는 단단한 뼈였을 갈망
더 단단히 썩어 돌이 되고나면
고생대 중생대
뿌리 깊게 가라앉은 지층
지표면에 움터 상승한단다
요정의 눈물이 되는 호박
암몬신의 뿔이 되는 암모나이트
살아 있는 그리움으로 죽어
사랑이란 이름을 얻는단다

파리스의 사과

사과를 깎고 있다
아프로디테의 허리띠를
풀어낼 때 마다
사과는 자전한다
생각해보면 사과는
수많은 밤과 낮을 항상
간직하고 있었던 게다
추위와 따뜻함이 교차하면서
알맞게 붉어진 겉옷 속에
사랑할 수밖에 없도록 하는
마법의 허리띠를 둘렀던 게다
한 그루 태양계에서 자란 지구
아득한 거리를 돌고 돌아도
끝끝내 공전하던 사과 한 알
스스로 여신을 보내면서
하트모양 선을 자르고 있다
나누어진 조각들이
서로 날을 세운다

축구하러 간다

백넘버 9번 달고 나, 축구하러 간다
누군들 공처럼 날아간 사랑 없겠느냐
땀 젖은 옷을 갈아입는 데
그리 많은 이성이 필요하지 않듯이
경기하는 데 복잡한 규칙일랑 소용없더라
어느새 편 가르고 들어선 운동장에서
걷어내도 걷어차 버려도 되돌아오는 축구공,
등판 위에 단단히 이름 새긴 유니폼 입고
나, 동호회 축구하러 간다
하프라인 사이드라인 엔드라인 페널티라인
일방 차선처럼 스스로 선을 긋고
한번도 제대로 골을 넣지 못한 사람
한번도 몰래 반칙하지 못한 사람
모두 모여 반대 편 골대를 두드리는 구나
시작과 끝이란 호각 소리에나 있고
몸싸움 속에 다리 부러지지 않으려고
스타킹 속에 보호대 단단히 감추고
백넘버 9번, 나
져도 져도 다시 한 판 붙어보고 싶은
혼자서는 할 수 없는 축구나 하러

간다

북

사물놀이를 시작한 아들에게
등허리를 맡기고 북으로
누워 보니 알겠다
그 옛날 어머니가 하셨던
더 세게 두드리라는 말
맞아 보니 알겠다
가장 좋은 소리를 내는 북은
평생 농사일로 늙은 소가
벗어준 옷을 입은 것이라는 말
밝혀 보니 알겠다
늙은 소는 북채로 때릴 때마다
찌뿌드드한 소리 움찔움찔 주무르고
저린 소리 납작납작 밟아 펴면서
제 가죽 안에 한 소리를 길렀을 것이다
음, 좋은 소리는 시원한 소리였구나
꼭꼭 밟고 주무르고 두드려야
새어 나오는 둥근 소리를 담고
뚜벅뚜벅 흙을 디뎠던 게다
한 발 한 발 둥 둥
땅의 소리로 기둥을 세워

하늘 아래 사물이 담기는
놀이의 집을 지었을 게다

철쭉꽃만 가만히

마음을 조금만 열어 보이자는 것이다
그저 꽃 한 송이 피워내는 데는
그리 많은 햇살이 필요한 것은 아니니
철쭉이 정상을 따라 해마다 피는 것은
그 발치의 그 화사함의 뒷짐을 당기는
아스라한 낭떠러지를 막아 서기 위해서다
부디 철쭉 동산을 향해 오르는 자
그저 꽃잎만 가만히 바라보자는 것이다
얼마큼 더 가야 정상에 이르냐고 묻거든
어디서 시작해 얼마만큼 올랐냐고 되묻는,
오르는 길과 내려가는 길이 외줄인 산행에선
철쭉철쭉 지치도록 울어본 새들만이
송이송이 제 울음 빛깔을 부려놓아
어느 봄 철쭉으로 피는 것이니까

낚시에 걸린 개울

통일천 개울 다리 밑에서
할아버지 몇 분 낚시하시네
아주 짧고 얇은 대낚시에
가장 가는 낚싯줄을 매고
가장 작은 낚싯바늘 달았네
고 쌀알만한 떡밥에 딸려
가끔 한 뼘 넘는 붕어도 나오는데
참 희한한 것이 물고기 요동에도
가는 줄과 바늘이 끊기지 않네
나는 큰 바늘 채비에 긴 대를
이리저리 욕심껏 펼쳐놓고서
짐짓 피라미 따위 안중에도 없는데
할아버지의 작은 낚시에 걸려
한참을 퍼덕이던 통일천 개울은
어느새 제 이름을 내려놓고서
가야 할 곳으로 잘도 흐르네
개울물 소리 흥얼거리는 봄

가을 건너기

철망 울타리는 바람이 흔들어도
소리를 제 가슴에 품지 않는다
제 영역 밖에 울을 치는 법도 없다
외줄기 선으로 남겨지던 기억이
웅 웅 차가운 떨림으로 저리고
숭숭 뚫려버린 가슴 한 켠으로
마름모꼴 바람이 또 지나는 동안
목이 늘어나버린 나팔꽃 가는 순이
남몰래 철망 한 칸을 오른다
서리 직전 가을을 건너는 그 자리
망설이던 시작이 다시 남긴
까맣게 타고 남은 상처들이
이파리의 울렁거림을 잊고
줄기의 꼬임을 잊고
목마르게 터지는 씨앗깍지 안에서
외눈마저 단단히 감고 있다

꽃들에게 묻는다

가늘고 푸른 길을 가만히 더듬어 가면
그 길은 어디로나 줄기를 뻗어
길은 저리도 많은 거구나 알게 되더라
잡을 수 없는 꿈을 좇는 어떤 길은
하늘하늘 흔들리는 계단이파리를 딛고
낮은 하늘 아래 바람꽃으로 피고
집으로 돌아가지 못하는 어떤 길은
바람 속을 허허롭게 걸어 어느새
주점 앞에 이르면 술패랭이꽃으로 핀다
산책로를 따라 도는 발길에게 문득문득
그가 지나온 길을 묻다가
내가 지나온 길을 묻다가
꽃잔디 무성한 정원에 이르러 생각한다
순환할 수 없는 길을 가는 우리는
어떤 꽃으로 피어날 수 있을까
할 말을 묻은 채 세상을 지나는 길섶에
꽃이 피면, 말 못한 죄들이 꽃으로 피면
무슨 이름의 야생화가 되는 것일까
처음 만나는 꽃들에게 되물어 보며
내내 꽃이름만 하나씩 살펴보다가

꽃처럼 말을 감춘 아침고요 산책길

나비연

아득한 그에게 닿는다는 것은
꽃이 진 자리 같은 단어 하나에 다시금
얇은 수식의 날개 붙이고 붙이는 일
얼마만큼 올랐다고 생각하면
하늘 한 끝을 잡고 떨어지고 있어서
난 자꾸만 날개가 무겁다
버리지 못한 열망의 꽃가루야
그를 표현할 언어 하나 찾지 못하고
난 다시 베인 가슴으로
참대나무 뼈대를 갈라내고 있구나
실 같은 눈길 풀어 그대에게 가는 길
끝내 아득한, 꽃을 찾아 가는 길

노루목상회 좁쌀막걸리

봉황은 배가 고파도
좁쌀을 먹지 않는다던데
봉황은 대나무 씨앗만 먹는다던데
삿갓마을 노루목상회 엉덩이 큰 술독은
좁쌀 막걸리로 날개 짧은 뭇 새들을 띄운다
별장 관리인의 겨울밤 꿈 속 야생화 동산
외딴집 호롱불로 스며든 조각가의 턱수염
이집 저집 빌붙어 사는 정씨의 찌든 점퍼
버들고개 초입에 얼어붙은 장승의 몸통
모두모두 참새걸음으로 막걸리잔 돌아갈수록
자꾸만 제 삶이 불그데데해지는 날
허, 이런 날
갈 사람 올 사람 없이 눈만 첩첩 쌓이는 밤
봉황을 닮은 씩씩한 장닭 한 마리 잡아
좁쌀 막걸리에 빠진 산길은 흠씬 취하고 말지
봉황은 배가 고파도 좁쌀을 먹지 않는다던데
봉황은 한 번 날개를 펴면
구만 리를 난다던데

카페, 달처럼

그 카페를 나와
구름을 벗어난 달이
어디로 가는 것인지 궁금했습니다
그 달은 빠른 걸음으로
나는 가볼 수 없는 모퉁이를 돌아
아득한 길 하나가 되더군요
이런 날 나는
목이 조금 더 길어져
구름 안으로 고개를 쳐든,
따먹을 잎새가 구름밖에 없는
한 마리 짐승일 뿐입니다
이 층 카페에서 내려다보는
달 없는 길

누에나방

바싹 마른 시누대가 되서야
가장 가벼운 실을 남기고
지각을 뚫는 화살
빛의 중심을 치받아라
팽팽한 질주선

누에나방

배꽃

까맣게 그을린 뺑튀기 기계
불꽃 위를 설설 돌아간다
겨울을 넘긴 옥수수며 쌀서껀
차례를 기다리는 장터 입구
밭두둑 냉이 같은 난전을 지나
옛 쇠전 마당에 자리 잡은 닭장사
장닭이 굳은 땅을 쪼아대는 순간
콕, 콕, 뺑이요
뜨겁게 참았던 입을 벌리고
경춘선 기적소리 한 무더기 쏟아져
과수원 배나무 가지란 가지마다
따스한 꽃잎들
하얗게 터져 나오고야 만다

꽃잎이 물든다는 것

"요즘 나는 술을 마셔야 서글퍼져……
서글퍼서 술을 마시던 때가 있었나 싶어……"
진달래 능선 걸어 걸어
나앉은 너럭바위 같은 나이
훤한 이마가 한 잔 술로 붉다

아쉬운 것은 지나온 고개만이 아니다
불콰한 술기운을 치대는
붉고 붉은 마음으로
좀처럼 물들지 않는 것이 서럽다
그래, 그것이 제법 걸었다는 뜻이다

능선길이다
연초록물이 막 달아나는 고갯길이다

버들고개 설화도

우리들 중에 갈매기 조나단은 없는 것이다 아무도 이곳
에선 소나무 가지에 올라 하늘을 쪼아대진 않는다 더러 눈
길을 밟아 아랫마을 민화 박물관에 다녀온 사람 중엔 우리
들 가운데 가장 근사한 토종 장닭의 깃털이 봉황의 그것과
닮았다고도 하지만 진종일 땅바닥을 쪼아 모래주머니를
채워도 좀체 가시지 않던 허기가 마치 우리들의 겨울날 사
랑같다는 편이 더 나을 지도 모른다

그래서 우리들 민화 안에는 원근법도 역원근법도 없다
그저 무엇이든 두 다리를 바삐 움직여 다가가지 않으면 저
절로 내 안에서 커지는 것은 없다 닭장 지붕에 올라 기세
좋게 홰를 치는 시늉을 한대도 저 아래 노루목 마을을 하나
씩 실어내가는 영월행 버스를 붙들어 놓기에는 이 고개가
너무 낮아졌다

용을 쓰며 울타리 너머로 날아가 땅에 흩어진 소식들을
콕콕 쪼아 온 녀석들이 하나 둘 모여들어 밭고랑에 얼어붙
은 지난 가을 무시래기 얘기며 이십여 년만의 큰 눈이라고
더 깊이 곳간에 숨은 옥수수 얘기며 이젠 물줄기가 어디로
새어 나가는지 한 해 한 해 키가 낮아지는 샘물 얘기 따위
들이 줄줄이 횃대에 매달려 바람소리에 귀 기울이는

눈 내리는 이런 밤 화전 일굴 때 만든 부엌문짝에 쓴 鳳

鳳이란 붓글씨가 너절너절 날개를 치고 버들고개 맵찬 바
람이 웅웅 빗장을 흔들어 눈발 날릴 때마다 그 맑고 깊다는
봉황 울음소리가 창호지 문틈으로 들려오는 이 산골의 빛
바랜 說話圖 안에서 우리는 옹기종기 체온을 서로 나누며
이내 잠드는 것이다

봄은 자전거에 실려 간다

허리춤 감싼 등짐
따스하다

겉옷을 내준
사내에게 실려 가는
긴 머리칼 같은

그런 날이 있었다

자전거 뒤에
신혼을 태우고
단칸방을 나서던,

그
여자

또, 봄날이 오고 있다

II

유목

수렵 채취 이후 생계 방식 중
가장 오래된 미래*는 유목이라고 한다
땅이야 하늘이 선물한 공동의 것
땅이 재산이 될 때 땅이 인간을 지배하리니
누구든 초원을 소유하지 않는다
목마른 들판은 풀을 키울 수밖에 없어서
한 곳에 오래 머물면 살갗이 드러난다
생존하려면 반드시 옮겨가야 하고
움직이려면 최소한의 물자만 필요한 법
가축이든 물건이든 차고 넘치면 짐이다
말달려 왔다가 말달려 가는 삶
하늘이 준 대로 한동안 빌려 쓰다가
말하지 않아도 반드시 돌려주는 유목은
역사에서조차 자신의 기록을 남기지 않는다

*오래된 미래―헬레나 노르베리 호지가 쓴 책의 제목

생일날, 봄날

삼백오십만 년 전 인류 출현 이래로
어떤 면에서 역사는 생일의 기록이다
일만 년 전 문명의 씨앗종자가
울타리 안에 하얗게 뿌려졌고
보편성이란 종교가 뒷골목을 걸어 들어와
양심의 가로등을 켠 것이 이천오백 년 전이란다
합리적 인식론 간판이 걸린 보육원 문 앞에서
겹겹 둘러싸인 이성이 발견된 것이 일천 년 전
연오랑 세오녀가 동방의 한 귀퉁이에서
해와 달의 정기를 양육하던 순간에도
이미 태어난 것과 새로 태어난 것 사이에
끊임없는 의견들이 봄날만큼 분분히 보채고
그 와중에 이백 년 전 민주정치도 태어났다
몇 십 년 전 나도 세상에 첫소리를 내뱉었다고 한다
소리들이 있었음을 한참 떠올려 보는 생일날
며칠 전부터 나무는 조금씩 숨을 고르더니
꽃망울을 제각기 터뜨렸다
아, 이 세상 꽃들의 생일은 참으로 많겠구나
봄날, 햇살 아래 앉아 생각 생각하는
하나도 기록할 것 없는

나와 저 무수한 꽃들 중심의
생일 사관

신 포도 기제

포도가 엉그는 동안
한때 나는 개였다
한때 나는 늑대였다
한때 나는 고양이였다
포도가 익었을 때
나는 이미 여우였다
"저 포도는 아직 덜 익었어"
너무 높아 딸 수 없는
신 포도를 짐짓 버려두고
술 취한 개발바닥이 되었다가
굶주린 늑대의 침이 되었다가
담을 넘는 도둑고양이 눈빛이 되었다가
번번이 뒤집는 여우 헛바닥이 되었다
그 혀에서 말이 나왔다
이때부터다 맛의 분별점이
혀에서 말로 옮겨 간 것은
담장 저편, 다시 포도가 영글어간다
벌써 내 입에는 침이 고인다
담장 이편, 내게 저 포도는 실 것이다
말이 있자 포도알들이 스스로 시어졌다

단맛과 신맛 사이엔 담벼락이 서있고
포도나무가 아무 일 없다는 듯
담 너머 넝쿨손을 건네는 그 때
나는 이미 여우였다

비겁

몇 해 전 있었다는 살인 사건 기사 스크랩을
퇴근하는 무릎들 위로 한 바퀴 돌린 출감은
선서하듯 천장 손잡이에 손을 매달고 통로를
막아선다, 이제 막 나온 갱생이란 상품입니다
하나씩 사주시면 큰 보탬이 되겠습니다
고무줄에 얌전히 묶인 바늘 쌈 뭉치가
검정 가방에서 나와 절룩절룩 돌아다닌다
이럴 때 한 정거장은 길고 갈등은 짧다
선사의 들판에서 살아남은 나의 본능은 자꾸만
지금이 마음 따뜻해질 바로 그 때임을 속삭인다
만약 이 순간 마음 독한 어떤 발걸음이 있어
출입구에 버티고 선 출감을 그냥 지나친다면
집 앞 정거장을 내딛는 성스러운 의식을
단연코 행할 자격이 없다는 듯 모두들
갓 우러나온 측은함을 지불하고 한 쌈씩을 산다
그날 저녁 나도 난데없이 자상한 귀가가 되었으나
안방 반짇고리는 잔소리로 귀가를 가위질하다가
이내 바느질한다, 그때마다 말씀이 한 땀씩 박힌다
그 때 그 때 알맞게 적응하는 것이야말로
인류가 누대로 이어온 가장 오래된 힘이다

괜찮다

위대한 겨냥

휴게소 화장실에 급하게 들어선
옆 사내의 한 줄기 겨냥을 훔쳐본다
종족 번식 문명 발달 영토 확장
모두 겨냥의 산물이다
순록 같은 생존을 겨누던 투창
성벽에 갇힌 삼국 시대를 겨누던 화살
약소 영토를 겨누던 제국주의 대포
현지 문화를 겨누는 다국적 기업 전략
푸른 지구를 겨누는 인공위성의 렌즈
인류의 이어짐이란 주체를 달리하며
겨냥 할 표적 바꾸기의 연속 아니던가
선사 시대부터 장전해 온 총신을
바지춤에서 은밀하게 꺼낸 사내들
능숙한 겨냥으로 집중 사격을 단행하더니
총구를 탈탈 흔들어 흔적을 날려버린다
인류 탄생 이후 현재까지 이어온
가장 위대한 겨냥이 거기 있다

숟가락은 밥맛을 몰라도

숟가락질 한다
들락날락
벌렸다 오므렸다
밥, 먹는다

오목한 성
길쭉한 성
매끈한 결합이다

채우면 어느새 비고
아무래도 다시 채우려
제 구멍 찾아 들랑날랑
놓아 버릴 수 없는

이, 숟가락질

문

문이란 개념이 없던 시절
출몰하는 멧돼지를
이렇게 잡자고 누군가 제의했다
한 번 들어오면 나갈 수 없는
주머니 모양 울타리를 세운다
마셔도 마셔도 갈증인
샘을 파고 유혹한다
멧돼지 식구들이 들어가면
입구를 닫는다
멧돼지 일가가 증식하면서
멧돼지는 집돼지가 되고
집돼지는 그림 속에 들어가
점점 네모나게 살이 붙는다
울타리 안에선 그림이 자란다
이젠 아무도 고기를 먹지 않고
그림을 잡아먹는다
문이 생기면서부터
닫는다는 개념이 생겨나고
문을 닫으면서부터
돼지를 많이 소유한 자와

그렇지 못한 자가 생겨났다

핏대 세우기

불쑥불쑥 주먹질해대는 기침
올 것이 오듯 성대가 부어오르고
가슴 저 밑에 목소리를 빼앗겼다
갇힌 내 목소리 나오라고 소리치면
꺽꺽 톱니바퀴 엇물리는 쇳소리,
목소리 건져 올리려 애를 쓰다가
한참 휘둘리는 걸 뻔히 알면서
독한 약을 먹고 질끈 주사도 맞았다
서서히 목소리를 찾아가는 어느 날
아직은 제 목소리 아니라고 느끼다가
나는 문득 놀라고 만다
애초부터 집에서도 직장에서도
내 목소리란 없었다는 것이다
끝끝내 올라오는 마른기침 꾹꾹 누르고
제아무리 목에 핏대를 세워 보란다
옛말에, 목구멍이 포도청이라고 했단다

그리운 관습

관습을 신던 적이 있다
관습을 버린 적이 있다
발에 맞지 않는다고
찌든 냄새 배었다고
걸었던 그 길마저 버린 적이 있다
단단한 세상 비스듬히 닳아
뒷굽에 남아 있는 관습이었다
죄었다 풀었다
매듭도 헐거워진 관습이었다
정해진 보폭으로 걷다보면
오래 지니고 산 티눈으로
점점 굳게 박히는 걸음걸이
관습의 광택이 흐려지면서
발돋움 너머까지
왼발 오른발 왼발 오른발
자주 길들여지곤 했다
발꿈치에 찍혀 쓰러지는 길
발부리에 채여 일어나는 길
이따금씩 사라지고
맨발이 될 때가 있다

발에 맞춘 관습과 함께 걸었던
관습이 그리울 때가 있다

고양이, 담을 넘다

빛의 반대편에 내 길이 있다
길에 서 있다고 느낄수록 동공이 커진다
눈빛이 도시를 재빠르게 갉아 먹는다
일단 한 발짝 물러나서 주시한다
냄새를 따라가는 끈끈한 진입동선
맛의 불두덩에 다다를 때
들키지 않은 욕구가 혀에 감기고
가시 없는 음미는 수염처럼 보드랍다
얼마나 겉돌면 마주칠 수 있을까
담장의 은밀한 겨드랑이
그 위 쇄골 어디쯤 중간 도약대
웅크리면 더 예리해지는 송곳니를 감추고
의지의 꼭짓점에서 돌기를 멈춘다
팽팽한 힘줄이 바닥을 파고든다
담을 훔치는 짧은 우화(羽化), 터럭 같은 착지
소리를 삼킨 발자국이 침샘을 찌르고
수염 끝 촉수가 과녁에 박히는 그 곳
반투명 봉투 속 검은 도시의 내장

18세기 영국 노예선 설계도

가장 중요한 설계 초점은
가장 좋은 상품인 인간을
최소한의 공간에 산 채로
얼마나 많이 싣고 가느냐이다
밀림의 늪보다 낮은 배 바닥에
검둥이를 눕혀서 진열한다
발목과 족쇄 발목과 사슬
빈틈없이 더 촘촘히
머리 위에 다리 또 머리 위에 다리
절반 이상 깨지고 부패해도 좋다
사회진화론에 대한 믿음이
광활한 농장에서 목화로 꽃피는
신대륙 남부에 이르면 된다
커피와 담배로 바뀐 상품이
가장 우월한 색깔의 땅을 향해
대서양을 건너면 그만이다
열등한 색의 향과 맛을 우려내
하얗게 내뿜으면 그뿐이다

현판을 읽는 동안

단 8행으로 줄여진
다산의 생애를 읽고 있는 동안
열두 과장으로 복원된 퇴계원 산대놀이는
목중이 소무를 희롱하는 과장으로
막 넘어가고 있었다
생애의 반은 18C에
생애의 반은 19C에
살았다는 대목에 이르러
대가의 평생조차 한 구절로 요약될 때
다산 기념관 앞 마당극 한 판은
난장 뒤풀이로 열두 과장을 지우고 있었다
생가 곁을 흐르는 강물로
시간을 탈 속에 감추려는 듯
복원한 과거와 스러진 현재
무대와 객석의 경계를 뒤섞고 있었다
정작 인간은 가고 연보만 기록되고
산 표정은 없고 굳은 탈바가지만 복원되고
내내 흥겨운 춤사위만 남는 공연 한 마당
반쯤 그려졌을 내 얼굴 탈도
난장 속에 섞이고 있었다

그리움의 사회화

눈 먼 인생은 인생을 논할 때만 거기 있곤 한다
늦도록 술을 마시고 푸르스름한 새벽이 멀리 기웃거릴 무렵
거리로 나서면 어느덧 인생은 없고 드문드문
눈이 퀭한 그리움 하나 낯선 그리움 몇몇 걷고 있을 뿐이다
참, 그리움들, 무엇을 바라 어디론가 가는 것인지
방문을 여니 겨우 허리에 차는 딸의 잠이 누워있고
다른 방엔 늦은 숙제와 함께 누운 아들의 철없는 사회화
집 안 풍경은 나를 문득 돌아보게 하고
어느새 나는 결혼도 해서 한 집의 가장인 셈이고
한 달씩 생명줄을 월급으로 이어 지탱한다
아직 죽지 않을 것을 의심하지 않듯이
아직 직장에서 떨려나지 않을 것이라 생각하며
할부로 물건을 사기도 했고 대출 통장도 갖고 있다
갚아야 할 것을 정해 얼마간의 삶을 저당 잡히고 있다
모든 정해진 틀 튼튼한 영속성 안에서
나는 내가 아니다
남이 물려주고 간 빈자리 하나를 차지하고
누군가 이미 살았을 몫을 반복하는 또 다른 남이다

　그런 세상, 사람을 영원히 보내고도 변함이란 없는 단단
한 세상
　그리하여 나는 남김없이 소진하는 사랑을 꿈꾸지만
　사랑조차 먼저 시작한 자의 꽁무니를 따라가게 만들어
　제 몫의 사랑이란 이미 정해져 있다는 것이다
　다다를 곳 모르는 그리움마저 사라지면
　나는 또 무엇을 바라 하루라는 언덕을 넘을 것인가
　어떻게 빈틈없이 채워질 빈자리로 남을 것인가
　이런 생각에 다다를 즈음
　남과 다른 내가 있다는 오만은 저만치 물러서고
　기실 서로 다른 온전한 삶이란 없다
　속으며 숱한 가지를 뻗어가는 인간의 사회화일 뿐
　술이 깨면서 날이 밝으면서
　사회화가 덜 된 내 그리움은 다시
　아무도 모르는 오늘 하루를 향해 집을 나선다

우상의 넓이

청량리역 주변 비둘기들
역 광장을 섬기며 산다
누군가 떠나고 돌아오며
흘려버린 그리움 부스러기
바쁜 부리로 모으다가도
화들짝 깨닫고 날아보지만
이내 돌아와 내려앉는다
더 멀리는 없다는 것이다
어디에도 닿을 수 없을 것 같아
저린 발목으로 서성대다가
귀가하는 버스를 기다리는 정거장
비둘기 걸음으로 역 대합실을 향하는
접은 날개들을 바라본다
누구든 돌아가 깃들 수밖에 없다
더 멀리는 아니라는 것이다
스스로 만들고 섬겨야 하는
비둘기와 나의 광장이
세상의 전부인 양
자꾸만 넓어지고 있다

삼계탕에서 찾다

도가니 속에 잔뜩 움츠린 몸통에도
저마다 날개라고 믿던 것이 남아있을까
날개라고 우리가 이름 할 수 있는 것
머릿속에 푸드덕거리며 끝까지 남겨놓은 것
물 같은 소유를 움켜쥐던 억센 손일 수도
지금 내 앞을 두려움 없이 뛰어 다니는
가끔 보채기도 하는 작은 울음일 수도 있을까
날개 있으나 부푼 바람 품지 못하고
어김없이 뒤집혀 뜨겁게 떨어진 그 자리
흠씬 삶아지는 삶을 보라
몇 번쯤 깨지도록 달아오르던 기억 너머
햇살 몇 알 붉게 우러난다
들녘 몇 술 찰지게 뜸이 든다
세상은 만물을 담는 주머니거니
목 잘린 몸통 주머니도 저마다 익혀낼 세상이구나
대추씨만한 응어리 툭 내뱉는 복날
얼기설기 가슴을 실로 엮어 가는 날

III

맞춤법을 따라가는 길

'안주 일절' 이란 간판이 식욕보다 먼저
호기심을 끌고 들어간다
안주 없는 술은 얼마나 순수할까
식당 차림표엔 반찬이 너무 많다
'김치 찌게' 를 기다리는 동안
끓어 넘친 맞춤법이 뚝배기 언저리에서
행주에 수정되는 모습을 본다
음운-음절-단어-어절-문장-문단-글
식탁에 놓인 반찬 가짓수를 따라가다가
맞춤법에 맞춰 젓가락으로 찔러본다
일절 일체, 찌개 찌게, 삼가다 삼가하다
때깔 좋게 무쳐진 반찬 그릇 안에
준법투쟁, 안전사고도 모순을 감추고 있다
생각해보니 모든 것이 맞춤법 안에서였다
생각해보니 맞춤법 없이 부를 수 있는
단 하나 이름도 만나 보지 못했다
언어가 있은 후 문법이 있다고 배웠지만
자주 문법 안에서만 언어가 편안했다
발음기관의 상형(象形)에서 자음이 나오고
천지인(天地人) 삼재(三才)와 결합하여

글자 하나가 되나니 글자는
사물이 되고 움직임이 되고 꾸미고 뒤바뀌고
마침표 혹은 물음표로 그 끝을 정리하나니
훈민정음의 엄숙한 독백 속에서
맞춤법을 따라가는 길은 아득하다
맞춤법을 벗어나는 길도 아득하다
맞춤법 틀린 찌개를 먹는 식당에서
나는 본래의 맛을 찾고 있다

멧돼지

이 나라 입시생은 인간이 아니다 다만 고3일 뿐이다
그래도 푸른 나이 문득문득 주체 못할 힘을 뿜는다
쉬는 시간 복도를 휘젓는 튼실한 줄달음질 바라보아라
식판에 산처럼 쌓인 밥 무너뜨리는 숟가락질 바라보아라
녀석들을 학교 뒷산 아차산 멧돼지라 부르기 넉넉하다
심지어 급식이 배달되는 통로를 향해 돌진한 친구도 있다
인류는 가장 먼저 개를 길들였다 가장 나중 말을 길들였다
오래 길들여진 애완견은 자기도 사람인 양 식구를 자청하고
기계화된 말들은 천리를 달리고도 말뚝 누울 곳이 없는 지금
농경 목축 이래 길들여진 가축 중 가장 친근한 돼지는 그래도
누구에겐 동전을 누구에겐 자손 번성을 누구에겐 복을 준다
하지만 수업이 졸음에 겨워 시드는 복돼지가 늘어나는 학년 말
우리들의 야성을 위하여 우리들의 건강한 본성을 위하여 나는
길들여진 졸음을 회초리로 깨워서 너는 본래 멧돼지니라 너는
두고 온 선사 시대 들판을 찾아가라 내몰기 일쑤인 것이다
금년에도 멧돼지가 도심 곳곳 출몰한다는 소식이 들린다
처음 호프집에 나타나 맥주를 어설프게 청하다 쫓겨났다더니
전화국 뒤 강변 도서관 앞 여학교 밖에서 쿵쿵거리기도 했단다
북한산 아차산 등지에 서식하는 멧돼지의 개체가 늘어나면서
내가 깨워 보낸 졸음들이 푸른 지구의 나이를 거슬러 가는 길에

좌충우돌 쿵쿵 세상에 숨겨진 고구마를 캐는 현상이라고
도 한다

가을, 약국 가다가

참 이상도 하지
회사 다니는 친구들과 오랜만에 만나 술을 마시면
넌 선생이니까 세상 물정 모르지 하며
건네는 술잔에 내가 먼저 취해
새벽 여섯 시 반이면
출구 없는 어항 속에 몰려드는 물고기 떼 마냥
꼬리 물고 등교하는 우리 아이들 얘기도
밤별마저 회초리에 쫓겨 운동장 멀리 떠 있는
이 나라 아이들 야간자율학습 얘기도 꺼내보지 못하고
다음날이면 새벽자율학습을 감독하러 출근하는
고3 담임인 나는 참 이상도 하지
서울의 동쪽 아차산 기슭에 자리 잡은 우리 학교는
고3 교실들이 건물 맨 위층을 차지하고 있어서
교실 윗창문엔 가을 하늘이 매달리기 일쑤고
아랫창문엔 늘 서울 거리가 하나 가득 찬다
가까이 중곡동 네거리 국민 은행 건물이
파란 띠 간판을 두르고 한 다발 지폐 뭉치로 서있고
그 옆 건물 오선지같이 나란한 창문에 붙은
우리 반 아이 집이라는 노래방 간판도 보인다
건물 옥상에 고개 내민 십자가 노란 물탱크들을 보며 나는

구름 덮인 서울 하늘을 날고 있는 커다란 공룡새가
은총 충만한 이 땅 건물마다
알을 하나씩 떨구고 간 것이라 생각도 하면서
조금 멀리 중랑천 하구를 배추벌레처럼 푸르게 넘는
을지로 행 전철을 바라보곤 한다
더러는 비가 갠 맑은 날 멀리 남산 타워 뒤쪽으로
어깨를 낮춘 63빌딩 너머 관악산이 눈에 들어오고
한강 건너 강남의 무역센타까지 한 발짝 다가오면
나는 마치 저기 건물 사이에 섬으로 떠있는
어린이 대공원 회전 관람차에 탄 기분으로
복도 계단을 내려갔다 올라갔다 창밖을 보기도 한다
야간자율학습 시간에 내려다보는 서울 야경은
크고 작은 세상의 불빛들이 한꺼번에 진군해 와
장안벌을 뒤덮은 고구려 적 싸움터에서
우리들 교실에 움츠린 형광등 불빛과 대치하고
잠실종합운동장 조명등이 함성만큼 부풀어
둥둥 북을 울릴 적마다 아이들은
점점 팽팽해지는 화살이 된다
그럴 때면 물정 모르는 선생인 나도
저 아래 풍경이 무척이나 작게 보여서

세상을 한 눈에 알 수 있으려니 생각해본다
칠판 옆의 입시 달력 한 장 한 장 찢어낼 때마다
뒷산에서 낙엽들이 뒤따라 지고
낙엽만큼 쌓여가는 문제집들이
아이들 가슴 속에 꼭꼭 숨을 때
이제 아이들이 떠날 날도 멀지 않았다고 느끼는 우리들은
마지막 수능 모의고사를 마친 날
참으로 오랜만에 햇빛 속으로 아이들을 귀가시키고
스산한 가을바람과 함께 세상 속에 내려가 술을 마신다
약속 호프 위층 식당에서
한 달 남은 수능 시험을 위해 잔을 부딪치고
그 아래 노래방에서 악쓰듯 노래도 하며
노랫말 깊이 감춰진 먼 눈빛을 생각해 보기도 한다
그런 다음 날이면 젊은 선생 우리 몇은
수업 중간 빈틈에 학교 앞에 몰래 나와
이쁜이 아줌마집 라면으로 속풀이도 하고
까치 문구 옆 아름 꽃집의 고 작은 패랭이꽃을
까치마냥 흘긋 흘긋 들여다보다가
세상에 내려오면 너무 커지는 이 거리
이맘 때 감이 제법 주절주절 열린 골목길을 걸어

작아져서 더 울렁거리는
우리들 가슴을 시원히 풀어 줄
한 봉지 가득한 그리움을 찾아
오랜 단골인 이화 약국에 간다

낚시터에서 해보는 추론

완강한 봉돌의 내려 당기는 힘과
외로운 찌의 떠오르는 힘이 있다
객관과 주관 혹은 현실과 이상이라고
명제를 설정해 보자
그런 힘과 힘이 똑같은 크기로 작용할 때
찌는 오롯이 수면 위에 서 있다
그것을 존재라고 해보자
수면 아래 그 균형의 극점에
가령 붕어의 아가미 같은 욕구가 개입하면
무너진 균형의 틈새에서부터
찌톱 몇 마디가 솟았다 가라앉는
찌의 언어가 발생한다, 그러므로
존재의 원점은 언어 이전에 있다
언어를 포착하는 이를 낚시꾼이라 하자
말초신경보다 투명하고 질긴 줄을 은밀히 늘어뜨리고
가능하다면 예리한 통찰 같은 바늘 끝도 세우고
순간, 온 몸으로 언어를 낚아 챌 때
푸드득 바늘털이 본능이 전달하는 손맛
그러나 일시에 무너지는 본원의 균형
그러므로 날 선 그리움에 선뜩 베인 적 있는 이들은

함부로 언어를 낚지 않는다, 펄떡이는 언어는
새벽 물안개 속에 지느러미를 흔들며 살아 있다

종(鐘)의 기원

생물의 진화를 주장한 것이 종의 기원이라든가
기원을 모르는 종 하나가 3학년 교무실에 서식한다
애초엔 두부라는 미각을 청각으로 전달하는
공감각 전령으로나 태어난 종자였을 법한데
지금은 일상적인 타종과 구별하기 위한 소리로
진학 진학 명문대를 외쳐대는 서당개로 진화했다
모의고사가 진행되던 어느 날 그 소리 듣는다
한순간에 교실들을 두부판으로 만드는 종소리라니
네모난 두부판으로 나눠진 각 반별로 익숙하게
흩어졌던 서른다섯 모쯤 두부들이 재빠르게
책걸상 줄맞춰 일정한 간격으로 담긴다
두부종을 치면서 이 나라 아이들이 두부모가 된 것일까
교실이 두부판이라서 두부종이 자연 자생하게 된 것일까
닭이 먼저냐 달걀이 먼저냐 오리무중 입시 정책에서도
학교란 언제나 종소리를 먹고 사는 이슬의 들판
입학 졸업 밭두둑 안에 50분 수업 10분 휴식
시작과 끝 종을 딩동댕 딩동댕 콩으로 심어
줄줄이 여무는 콩꼬투리로 키우는 종 따는 콩밭
두부의 기원은 콩이러니 종의 기원도 콩밭이러니

청산별곡에 던져진 돌

'돌은 말하고 있다' 고 할 때에 돌은 이를테면
인류의 먼 조상들이 빙하와 대홍수를 지날 무렵
재료를 깨뜨리는 가공 방식으로 그 성질을 살려
타제석기라는 이름을 갖게 된 것을 전제로 한다
훗날 그 돌들은 제 이름을 부르면 땅 속 깊이에서
일어나 대답한다 짐승 껍질을 벗긴다 살을 벤다
이번엔 '돌 같은 심장으로 근심을 견디라' 고 해볼까
신화 속에서 한 부부가 대홍수를 헤쳐 걸어 나온다
이윽고 신의 명령에 복종해 머리 뒤로 돌을 던진다
인간은 재창조되고 그 육체는 돌의 성질을 띠도다
이제 고뇌가 차오르면 가슴 복판에서 돌이 뛰쳐나와
고려 시대 청산별곡 속으로 몸을 던지고 말지
'어디에 던지던 돌인가 누구를 맞히던 돌인가
미워할 사랑할 사람도 없이 맞아서 우노라' 고
너희들 목적 없는 운명으로 던져진 존재들
종일 목 놓아 울어대는 새처럼 청산이나 찾아
체념하라 그만 체념하라고 돌은 말하는 것일까
청산별곡 속 던져진 돌은 먼 조상의 음성이
깨뜨려지면서 갈려지면서 이어온 석기는 아닐까
국어시간 교실 밖에서 우는 까치집에 담긴 돌은

청산별곡을 읊조리는 지금 내 손에 쥐어진 돌은

나는 가끔 자습을 이렇게 부르지

선생 왈, 자위란 자기 스스로를 위하는 것이니
학문을 닦고 게다가 익히기까지 한다는 위선보다야
차라리 자신을 위해 하는 행위가 더 낫지 아니한가
평등하게 배운 대로 치자면 오늘날 우리들 공부란
아마도 자신에 의한 자신을 위한 자신의 자위행위
공부는 그리 근엄하지도 경건하지도 않은 것
아이들이 어른이 되기 위해 꼭 거쳐야 하는 것
그러므로 자습을 한다는 것은 자위를 하는 것이지
단지 이름을 붙인다면 야간자율학습 아침자율학습
조용히 하자 입으로 하지 말자 그렇다고 맨손으로 하지
말자
집중이 안 되면 연필 같은 도구를 사용하자 청결하게 하
자
샘처럼 매일 솟는 온갖 주의점이 끈적끈적 감독을 한다
그러나 아무도 알맞게 하라는 주의는 주지 않는다
자습 대신 건강하게 땀 흘리는 것도 좋은 방법이고
결코 지나치지 말아야 한다는 것을 어른들은 알지만
그게 그래, 알다시피 적당히 라는 것이 무척 어렵거든

은행나무 격

매일매일 등교 지도가 이루어지는
현관 앞 가파르고 긴 계단 아래
은행나무 한 그루가 비켜 서있다
마치 혼자 벌 받는 지각생처럼
마치 기다리는 무엇을 들키지 않으려는 듯
짐짓 한눈을 팔고 벗나무 향나무 나란한
운동장 멀리만 바라보고 서있다
아무리 멀리 떨어져도 서로 눈 맞출 수 있는
푸르디푸른 나이의 아이들이 열을 맞춰
이제 막 계단을 오른다
지난 여름 내내 은행나무는
엄격한 등교 지도의 시선을 피해
필통 속에 주머니 속에 넣어서
아이들이 몰래 날라다 주는
먼 동네 은행나무의 그리운 눈빛을 받아
눈물방울빛 은행 알을 속살 깊이 키웠을 것이다
은행나무와 은행나무 사이를 오가며
아이들 학년이 한 층 한 층 교실 따라 올라가듯
올 한 해 한 뼘쯤 자랐을 은행나무도
더 많은 은행알을 다닥다닥 달고 있다

은행나무와 아이들만 알고 있는 비밀이
껍질 안에 영글어 가는 가을 아침이었다

내가 한글날 태극기를 다는 이유

백성을 불쌍히 여기신 임금님 명에 따라
전문가 집단이 힘을 합쳐 만드셨다는 그래서
문자 언어 중 유일하게 생일이 있다는 한글
그 생일날 초를 꽂듯 집집마다 태극기 달자
언어로 사고한다는 근엄한 이유는 그만 두고라도
연애에 부부싸움에 자식 잔소리 수단인 걸
더 쩟쩟한 이유라면 언어로 밥 먹고 애 키운다는 것
세상엔 하고 많은 그럴싸한 영역들이 즐비하건만
나는야 언어 영역 안에서 밥벌이 하는 고3 선생
내 영역은 온통 언어 문항들로 한 권을 이룬 세상
그 언어들 살아 있음을 위해 태극기 달아보자
차선과 신호등과 건널목 언어를 따라 출근해서는
휴대폰과 책가방에서 막 튀어나온 언어를 앉혀두고
언어를 펼치고 언어를 풀고 언어를 답 맞추는 나
야간 자율학습 교실에 은밀히 떠다니는 잡담 언어를
시시콜콜 감시하는 나는 언어 사냥꾼 그도 아니면
야성을 제거한 가축처럼 살진 언어를 길러내는 사육사
더 넓은 축사에 언어들 엉덩이를 밀어 넣는 학년 말
보통 명사를 보내고 몇 몇 고유 명사를 얻기도 하지
언어란 뜻을 이루기 위한 도구에 불과하다 말도 하지만

밥벌이처럼 밥 먹기처럼 목적 따위 우러를 겨를도 잊고
살아 있는 수단과 도구를 위해 집집마다 태극기 달자
퍼렇게 벌겋게 일어나는 생일 촛불을 달아보자

어떤 사진 촬영

불긋불긋 여드름 돋은 뒷산 단풍도
교문 밖으로 나갈 수 없는 토요일
학교 가장 꼭대기 가장 높으신 옥상에서
졸업앨범에 넣을 교직원 단체 사진 찍는다

두 손 얌전히 앞으로 모으고, 찰칵
시린 햇살에 찡그린 눈 크게 뜨고 한 번 더, 찰칵
한 사람도 빠짐없이 한 곳에 모여
한 사람도 빠짐없이 한 생각에 집중하고
한 사람도 빠짐없이 한 목표를 바라본다

제1열
교훈 액자같이 사개가 맞는 어르신들에서
제4열
닳은 분필처럼 비스듬히 깎여진 선생님들까지

일 년에 꼭 한번 근사한 배경으로
진정 우리가 함께 했던 그 시간
앨범 귀퉁이를 차지하고 길이 보전할
정지된

우리들의 일체감

목차를 이루는 힘

유개념 종개념 정연히 구분된
아파트 단지 몇 동 몇 호가
재잘재잘 자리 옮긴 칼국수집
군데군데 각기 다른 식구끼리
한 단위로 모여 식탁의 키를 낮추고 있다
망설임 없이 뜨겁게 입 벌린 행복을 까먹고
시원하게 우려진 유대감을 떠먹을 테지
주문에서 계산으로 마감되는 우리네 식단은
칼질한 분류대로 끓여진다는 것을
알맞게 면발 나누는 가장들은 느끼고 있을까
바지락 칼국수를 먹으며 떠올린 생각을
후 후 불어 식힌 후 목차로 늘어놓는다
관습의 그릇에 맞춰 떠 담은 항목들도
수없는 모습 잃고서 추상화된 나무처럼
불려지는 제 이름 흠씬 푸를 수 있을 것인가
우리가 체계화한 시대의 차례라는 것
책장으로 펼쳐진 바지락껍질들 쌓이고 쌓여
두터운 생존 조건이 적힌 것 아닐까
삶의 조건 따위 비유로 행간에 숨어
가끔씩 입맛이나 돋우는 것 아니었을까
묻고 되물어 삼키는 점심 한 때

단위

한 묶음 모여야 다시
하나가 되는 것들이 있다

한 접 한 쌈 한 축
바싹 말려지고
실컷 두들겨지고
납작 눌려진 것들

오늘도 집을 나서는 중년의 아침
한 단위에서 또 다른 단위로
옮겨지는 나를 본다

이미 묶여서
헤아려지지 않는

IV

바람도 다녀가기 전

무량수전 앞마당 돌배나무가
팔매질을 연습하고 있다
때가 오면 나무는 제 손의 돌멩이를
발아래 소백산 능선이 물결치는 바다로
미련 없이 던져버릴 심산이리라
그러기 위해 돌배나무는 여름 내내
추녀 끝까지 타고 오른 물고기가 내는
풍경소리를 바람결에 듣고 또 들으며
물고기가 떠나온 바다를 생각했을 것이다
배흘림기둥이 온몸으로 활시위를 당기는 동안
산으로 올라온 물고기가 햇살과 바람에
말려지는 벌을 받고 있는 동안
노랗게 응어리진 물고기의 죄를
한 알 한 알 품 안에 키웠을 것이다
허공에 새겨진 청동의 종에게
한사코 매달린 죄
애써 부딪힌 죄
또 흔들린 죄
무량수전이 짐짓 단풍에 한눈파는 아침
언제 날아갈지 모른다, 저 돌멩이

베란다 풍경

황학동 거쳐 남양주 우리 집 베란다로
자연석 돌절구 하나가 이사 왔다
한 때는 산골 물소리 곁에 앉아 명상하느라
드문드문 이끼도 끼어있는 넓적돌은
어느 날 사립문 안마당으로 처소를 옮겨
가슴 움푹 파고 사정없이 내리치는 고행도 했을 터
머릿속 망상을 가루처럼 희미하게 찧고 빻아서
한 줌씩 덜어내는 좌선도 했을 것이다
선사 한 분을 집 안에 모셔놓은 우리야
떡 치기도 고행 수행도 모를 뿐 아니라
선사님은 시주 받을 마땅한 바랑도 없으시니
그저 목축이실 맑은 물 시주삼아 담아 드릴밖에,
옛 이야기 속 우물가 아낙네와 나그네 흉내로
물옥잠 두어 송이 바가지에 비친 구름처럼 띄워 드리고
늙어갈수록 지난날이 새삼 떠오를까 싶어
개울물소리 기억하는 자갈과 물고기 넣어 드렸다
베란다에 좌정하고 묵묵 좌선만 하시는 선사께서는
어느새 깨진 기왓장도 잘린 통나무도 좁쌀만한 개미들도
고만고만 화분들도 모두 신도로 불러 모으셨는데
언제쯤 물고기에게 목어소리 내라고 법어를 내리실는지

기다리다 못해 우리는 물고기밥 요량으로
풍경을 사서 베란다 창문 밖에 달아 놓았다

반문

열한 살 우리 아이가
일기 검사를 받는다
녀석은 엉뚱하게도 일기 속에
자기가 환갑이 되는 해를
헤아려 놓고 있다
그때면 엄마 아빠는 이미 죽어서
새로운 아이로 태어나 있을 거란다
사람이 죽으면 다시 태어난다는 것을
너는 어떻게 알고 있느냐고 물었지만
어린이 법회에 다닌 때문이냐
네가 정말 윤회를 믿느냐 하고
내심 되묻고 싶었지만
녀석은 당연히 그런 것 아니냐며
의아한 눈빛으로 반문한다
그래, 사람의 죽음이란
아들과 아버지의 뒤바뀜처럼
가끔은 유쾌할 수도 있구나
사람의 시간이란
서로 앞뒤를 바꿔가며
흘러갈 수도 있는 거구나

밑 빠진 옹기

조붓한 약수터가 입을 내밀고 있다
입술을 비쭉거리며 연신 물을 쏟아내는데
어떤 때는 눈물 짜듯 쫄쫄거리다가도
느닷없이 짜증처럼 폭 폭 내뱉기도 한다
도무지 종잡을 수 없는 성질머리를 지닌 물줄기라니,
그래도 약수라고 누군가 옹기그릇이나마 받쳐놓았다
그렇더라도 밑구멍이 몇 군데쯤 깨진 것이니
기다린들 그 안에 약수가 담길 리는 만무
애당초 무언가를 담는다는 것은 그른 그릇이다
그런데 웬걸, 개똥도 약에 쓰기는 쓰는 것인지
요것이 뭔가를 담아 내면이 차오르지는 못 한다 쳐도
떨어지는 물줄기가 바닥 돌에 부딪쳐 사방으로
튀어 달아나는 성질머리를 얌전히 붙잡는 것인데,
옹기그릇은 제 가슴으로 물줄기를 오지게도 받아내
제 몸 깊은 곳 깨진 틈을 따라 조용히 흘려내서는
떳떳한 물곬으로 길을 인도하는 것이 아닌가
흠집 많은 항아리 몸매인 저 밑 빠진 옹기는 묵묵
자기는 채우지 않고 마냥 받아서 내주고만 있는데
아까부터 모양새를 찬찬히 바라보던 물오리나무가
제가 무슨 새끼오리를 돌보는 어미라도 된 양

가지를 끄덕끄덕 하기에 나는 그만
내 약수통 밑바닥을 슬멋슬멋 살펴보는 것이었다

짧은 윤회

아내가 백팔 배를 하는 동안
나는 딸아이 손을 잡고
푸른 구름과 흰 구름 사이에 떠있다
딸과 걷는 불국사 바깥마당은
다리와 다리 사이를 오가며
유년과 중년이 함께 하는 짧은 윤회,
노을빛 문 너머 불국토를 보려고
직경 오 리의 바윗돌이 다 닳도록
오며 가며 옷자락을 스친 사람들이
한데 모여 단체 사진을 찍고 있다
한번은 청운교 젊은 쪽에 서서
또 한번은 백운교 늙음 쪽에 서서
이끼 낀 석축같이 얼굴을 포개고
현재를 과거로 만들고 있다

나를 지우다

찻물처럼 우련히 떠있다
나를 지우겠다는 문자 메시지
우려내 우려내 삼키는 동안
산방 바깥 화야산 골짜기에선
긴 밤을 빠져나온 바람소리가
쏴 쏴 가슴 속 물줄기 따라
산을 내려가고 있었다
멀리 팔을 뻗은 산 능선이
철 이른 봄을 살포시 안고
메마른 물소리로 숨을 고르며
잿빛 천을 벗고 있을 때였다
옷을 갈아입는 것이라고 했다
세상에서 지워진다는 것은

산사행 마을버스 노선

낮공양 뒤 마을버스가
절 아래서 졸고 있다

함께 낡은 엔진의
코골이를 들으며
아직 하산 없는 자리
비스듬히 눈감은 기사아저씨

주어진 노선을 안다는 건
그리 멀리 나서는 게 아니다

봉인사 앞에서 출발해
아래 동네 골목을 기웃거리다
푸른 우체국 앞을 도는

네 정거장
왕복이면 족하다

잠결에 오도송을 듣네

애엄마가 깨우쳤나 보다
지난 수 년 새벽잠을 장롱에 개켜놓고
기도에 염불에 그리 열중이더니
불현듯 껍데기와 살았다 푸념한다
내 마음자리가 딴 데 있었다는 건
진작 알고 있을 터이겠으나 이제 와
비로소 깨달음의 대상이 된 모양이다
봄볕과 공기가 서로 빚어낸 아지랑이
그동안 꼭 나라고만 여겼던 내 의식
관계 맺은 모든 것 결국 사라진다는 걸
아내는 몸소 알게 된 것이리라 나는
아직 속과 껍데기를 구별할 줄 모르는데
그녀는 드디어 바로 보게 되었나 보다
이 새벽 옅은 잠귀에 스미는 소리
염주알 같은 중얼거림
가끔 꽃샘추위 같은 한숨
잠을 깰 수도 더 잠들 수도 없는 소리
날 버린 채 혼자 도 닦는 그녀의 오도송

진일보

해인사 해우소는
공양간 곁에 있다
멀어야 할 것 같은
둘 사이가 가깝다
가슴에 탑을 세운 이들이
공양을 마치고 들어선 후
한 쪽 어디선가
짧게 힘주어 끊는
묵언 수행의 된 호흡
선방에 들지 못한 나는
소변기 앞에 서서
소변기 위에 붙은
진일보(進一步) 문구를
화두 삼는다
한 걸음 더 가까이
면벽을 하고
풀 것은 풀어 버리고
버릴 것 버려 버리고
부르르 진저리치는
진일보

한 때 간절하게 얻은 것들
내 안에서 따뜻하게 녹여
한 방울도 흘리지 말고
내려놓고 가라 한다

장승의 내력

영월여장군 영월대장군 관서대장군
산길 흘러드는 개울가에 모여 사는 노루목
겅중겅중 재를 넘는 바람소리와 함께
산철쭉처럼 심어진 인가 몇 채 겨울을 난다
더 깊은 골 화전부터 식솔이던 장승들은
나무일 적 뿌리를 머리로 산발한 채
매양 허공을 이어가던 다람쥐 길도 가지치고
우듬지에 한사코 매달리던 산안개도
기다란 목부터 쳐내버렸다
가히 뒤집혀 자라나는 줄기의 가족사라야
빗질 안 한 뿌리의 역사라야
나무로부터 산신이 되는 시간을 타고 넘나보다
그곳서 거꾸로 처박혀 장승 흉내로 한 일 주일
낮은 곳을 돌고 돌아 굴뚝을 나와야 비로소
안개가 되는 연기가 산을 지우는 설어둠녘
나는 나무에 새길 얼굴도 없이
내 안에 꺾어져 삭정이 된 것
베어지고 쪼개져 바싹 마른 것들
차례차례 아궁이에 군불로 때서
내 키만 한 방바닥을 달구고 있다

구들처럼 두터워야 더 오래 간직한다고
두툼한 입술로 말을 건네는 장승의 목소리를
얇은 내 등짝이 먼저 알아차렸다

내소사 빗소리

ㄴ_ㅅ_ㅅ_ㅂ_ㅅ_ㄹ
(내소사 전각 지붕들)
ㅐㅗㅏㅣㅗㅣ
(공손히 받치는 기둥의 귀에)
ㄴ_ㅅ_ㅅ_ㅂ_ㅅ_ㄹ
(전나무숲 바람소리 걸렸다)
ㅐㅗㅏㅣㅗㅣ
(마음에 칼날 긋는 빗줄기 바라보다)
ㄴ_ㅅ_ㅅ_ㅂ_ㅅ_ㄹ
(무릎 꿇고 바람의 법문을 청해보니)
ㅐㅗㅏㅣㅗㅣ
(선뜩, 전나무 손가락은 나를 가리키고)
ㄴ_ㅅ_ㅅ_ㅂ_ㅅ_ㄹ
(푸르게 찌르는 전나무 잎의 통증 속에는)
ㅐㅗㅏㅣㅗㅣ
(무섭도록 간결한 줄기를 숨기고 있네)

본디 나는

한 그루 나무였구나
강 언덕 도린곁에 서성대다가
아련한 강물에나 얼굴 비추며
눈부처로 살고 싶던 나무였구나
바람은 늘 길 속에 나를 가두고
햇살도 모르게 틔운 잎새를
저리도록 흔들다 가고는 했지
톱밥으로 쌓이는 강물 소릴랑
허리를 잘라내며 보내라 하네
살 한 줌 깎으며 달래라 하네
두벌잠 설꿈 같은 눈매 다듬고
등줄기 뒤집힌 채 부처로 앉아
물구나무서기로 세상을 보면
스스로 부러뜨린 가지조차도
한사코 이고 있던 하늘까지도
마침내 그 무게를 내려놓을까
아직도 더 깎을 곳 남아 있어서
목공의 칼 끝 앞에 서있는 나는
나는 나무도 아니었구나

담김

척촉화 머뭇머뭇 지는 청령포
금표비에 어린 임금의 발자국
東西三百尺 南北四百九十尺

내소사 가는 길 곰소만 염전
아직 소금이 되지 못한 바닷물
선방처럼 들어 앉아 자신을 말리고

고개고개 그 아래 벽제 화장장
평생 거칠게 겉돌았던 한 목숨
이제야 가장 곱게 빻아놓고

유배(流配)든
결정(結晶)이든
납골(納骨)이든

담기고 나서야 경계를 넘어
훌쩍, 길 떠나는 봄날

시를 통한 문명 비평, 역사와 현실 인식
그리고 자기 성찰

신경림(시인)

처음 독자들은 그의 시를 대하면서 그 독특한 문법에 잠시 당황하지만 이내 그것이 신선한 충격이 되면서 시를 읽는 큰 즐거움을 맛보게 될 것이다. 가령 "생물의 진화를 주장한 것이 종의 기원이라든가"(「종의 기원」) 혹은 "수렵 채취 이후 생계 방식 중/가장 오래된 미래는 유목이라 한다" 같은 명제를 도입부로 연역해 나가듯 전개하는 시는 우리 시에 그리 흔하지 않다. 물론 위 구절의 내용은 누구나 다 아는 명제이지만 전혀 진부하지 않다. 아마 이렇게 뻔한 소리를 해놓고 시인은 무슨 얘기를 하려는가 독자들은 은근히 궁금해질 것이다. 독자들의 관심을 끌어들이는 것으로 일단 채풍묵 시의 노림수는 성공한다. 남이 생각하지 못하는 생각을 도입부로 한다는 상식의 역발상이 오히려 효과를 거두고 있는 것이다. 그의 시가 의도적이고 주도면밀하

다는 느낌을 주는 것은 이와 같은 도입부와 무관하지가 않
다. 먼저 소품이라 할 「유목」을 읽으면서 그의 시의 특성을
살펴보기로 하자.

수렵 채취 이후 생계 방식 중

가장 오래된 미래는 유목이라 한다

땅이야 하늘이 선물한 공동의 것

땅이 재산이 될 때 땅이 인간을 지배하리니

누구든 초원을 소유하지 않는다

목마른 들판은 풀을 키울 수밖에 없어서

한 곳에 오래 머물면 살갗이 드러난다

생존하려면 반드시 옮겨가야 하고

움직이려면 최소한의 물자만 필요한 법

가축이든 물건이든 차고 넘치면 짐이다

말달려 왔다가 말달려 가는 삶

하늘이 준대로 한동안 빌려 쓰다가

말하지 않아도 반드시 돌려주는 유목은

역사에서 조차 자신의 기록을 남기지 않는다

―「유목」 전문

"오래된 미래"에 방점을 찍고, "헬레나 노르베리―호지
가 쓴 책의 제목"이라고 주를 달고 있지만 이 시는 낭비도
오염도 없고 범죄도 사실상 존재하지 않으며 공동체는 튼
튼하고 건강한 인도의 작은 티베트라 불리는 라다크에서
배운다는 그 '오래된 미래'와는 전혀 관계없는 내용이다.

하지만 삶의 아름다움을 원시에서 찾으려는, 문명비평적인 시각은 상통한다. 말하자면 시의 도입부는 유목이야말로 사람이 사는 가장 오래된 행복한 방식이며 또 미래의 행복한 삶도 거기서 찾을 수 있음을 암시한다. 시는 나아가 "땅이 재산이 될 때 땅이 인간을 지배"한다고 경고하면서 "누구든 초원을 소유하지 않는" 유목의 아름다움을 양각(陽刻)한다. 이 시의 미덕은 이러한 문명비평적인 메시지에만 있지는 않다. 여기 구체화된 세목들은 몽고의 넓은 초원의 이미지로 재생되기도 하고 티베트의 아득한 고원의 이미지로 환치되기도 하며 라다크의 원시적 구릉의 이미지를 그 위에 오버랩시키기도 한다. 이럼으로써 "역사에서조차 자신의 기록을 남기지 않는" 유목을 다만 메시지로 끝내지 않고 큰 울림이 되게 만든다. 「문」은 알레고리 형식의 시다.

문이란 개념이 없던 시절
출몰하는 멧돼지를
이렇게 잡자고 누군가 제의했다
한번 들어오면 나갈 수 없는
주머니 모양 울타리를 세운다
마셔도 마셔도 갈증인
샘을 파고 유혹한다
멧돼지 식구들이 들어가면
입구를 닫는다
멧돼지 일가가 증식하면서

멧돼지는 집돼지가 되고
집돼지는 그림 속에 들어가
점점 네모나게 살이 붙는다
울타리 안에선 그림이 자란다
이젠 아무도 고기를 먹지 않고
그림을 잡아먹는다
문이 생기면서부터
닫는다는 개념이 생겨나고
문을 닫으면서부터
돼지를 많이 소유한 자와
그렇지 못한 자가 생겨났다

—「문」 전문

　이 시를 읽으면서 독자들은 당황할 것이다. 주머니 모양의 울타리 속에 갇힌 것이 멧돼지인지 사람인지, 그 경계가 모호한 까닭이다. 물론 이 시의 주인공은 돼지이자 사람이다. 결구에서 "돼지를 많이 소유한 자와/그렇지 못한 자가 생겨났다"라고 했지만, 그 돼지를 소유한 자도 돼지요 사람인 것이다. 이 시의 메시지 속에는 그림을 잡아먹는 돼지처럼 되어버린 혹은 집돼지가 되어 네모나게 살이 붙는 인간에 대한 야유가 들어 있다. 그 야유가 신랄하고 예리해서 흔히 상투화할 수 있는 알레고리적 방법이 성공을 거두고 있는 점도 주목할 만하지만 돼지와 사람을 헷갈리게 함으로써 그 알레고리가 더욱 신선할 수 있었다는 대목도 그냥 넘겨서는 안 될 것이다.

가장 중요한 설계 초점은

가장 좋은 상품인 인간을

최소한의 공간에 산 채로

얼마나 많이 싣고 가느냐이다

밀림의 늪보다 낮은 배 바닥에

검둥이를 눕혀서 진열한다

발목과 족쇄 발목과 사슬

빈틈없이 더 촘촘히

머리 위에 다리 또 머리 위에 다리

절반 이상 깨지고 부패해도 좋다

사회진화론에 대한 믿음이

광활한 농장에서 목화로 꽃피는

신대륙 남부에 이르면 된다

커피와 담배로 바뀐 상품이

가장 우월한 색깔의 땅을 향해

대서양을 건너면 그만이다

열등한 색의 향과 맛을 우려내

하얗게 내뿜으면 그뿐이다

—「18세기 영국 노예선 설계도」 전문

이 시를 읽으면서 많은 독자들은 전율을 느낀다. 이 시는
아프리카에서 흑인을 잡아 노예로 팔아넘긴 영국의 노예
선을 내용으로 하고 있지만 그 근저에 깔린 것은 자본주의
의 인간모독에 대한 엄혹한 비판이다. 그 자본주의가 현대
에 이르러 신자유주의로 변화 발전했으며 글로벌화의 세

계로 이어진 것이다. 능률과 성과만이 최고의 가치로 여겨
지는 오늘의 세계관의 밑바닥에는 "밀림의 늪보다도 낮은
배 바닥에" 눕혀서 진열된 "검둥이"가 있다는 것을 이 시는
암시한다. 마땅히 흥분하고 분개할 이러한 내용의 진술에
있어 시인은 조금도 흥분하지 않고 분노도 표출하지 않는
다. 몇 개의 편집된 이미지를 냉철하게 하드보일드하게 보
여주고 있을 뿐이다. 이러한 시에서는 이미지가 강력한 메
시지의 수단이 되면서 시적 완결성을 높이고 있다.

　그가 일하고 있는 교직에서 소재를 가져온 여러 편의 시
들은 또 다른 면에서 그의 시를 읽는 즐거움을 맛보게 해준
다.

　　(1)
　이 나라 입시생은 인간이 아니다 다만 고3일뿐이다
　그래도 푸른 나이 문득문득 주체 못할 힘을 뿜는다
　쉬는 시간 복도를 휘젓는 튼실한 줄달음질 바라보아라
　식판에 산처럼 쌓인 밥 무너뜨리는 숟가락질 바라보아라
　녀석들을 학교 뒷산 아차산 멧돼지라 부르기 넉넉하다
　(…중략…)
　금년에도 멧돼지가 도심 곳곳 출몰한다는 소식 들린다
　　처음 호프집에 나타나 맥주를 어설프게 청하다 쫓겨났다
　더니
　　전화국 뒤 강변 도서관 앞 여학교 밖에서 쿵쿵거리기도
　했단다

　　　　　　　　　　　　　　　　　　　—「멧돼지」 부분

(2)

(…전략…)

닭이 먼저냐 달걀이 먼저냐 오리무중 입시정책에서도

학교란 언제나 종소리를 먹고 사는 이슬의 들판

입학 졸업 밭두둑 안에 50분 수업 10분 휴식

시작과 끝 종을 딩동댕 딩동댕 콩으로 심어

줄줄이 여무는 콩꼬투리로 키우는 종 따는 콩밭

두부의 기원은 콩이러니 종의 기원도 콩밭이러니

—「종의 기원」 부분

(3)

(…전략…)

차선과 신호등과 건널목 언어를 따라 출근해서는

휴대폰과 책가방에서 막 튀어나온 언어를 앉혀두고

언어를 펼치고 언어를 풀고 언어를 답맞추는 나

야간 자율학습 교실에 은밀히 떠다니는 잡담 언어를

시시콜콜 감시하는 나는 언어 사냥꾼 그도 아니면

야성을 제거한 가축처럼 살진 언어를 길러내는 사육사

—「내가 한글날 태극기를 다는 이유」 부분

이상 세 편이 모두 교사생활에서 소재를 취한 것으로, (1)은 젊고 튼실한 학생들을 멧돼지에 비유한 것이요, (2)는 대입시험에 몰두해 있는 고3의 모습을 풍자한 것이고, (3)은 학교에서 국어를 가르치는 자신의 모습을 자조적으로

노래한 것이다. 그 세목들이 너무나 생동감에 넘치고 실감
나서 마치 학교에 가서 아이들이 뛰노는 것을 목도하고 있
는 듯한 착각에 빠지게 하는 시들이다. 시가 생활에 깊이
뿌리박고 있을 때 진실로 감동을 준다는 아포리즘이 새삼
스러운 대목이다. 하지만 이 시들에도 관통하는 메시지가
있으니 그것은 현실과 그 현실을 초래한 문명에 대한 비판
적인 시각이다. 어떤 면에서 교직생활에서 취한 시까지도
문명비평적인 요소를 가진 시에 포함할 수 있는 까닭이 여
기에 있다.

그러나 이 시집의 큰 흐름에서 조금은 비켜 서 있는 다음
과 같은 시를 안 읽고 지나간다면 그것은 채풍묵 시를 제대
로 읽은 것이 되지 못할 것이다.

　　허리춤 감싼 등짐
　　따스하다

　　겉옷을 내준
　　사내에게 실려가는
　　긴 머리칼 같은

　　그런 날이 있었다

　　자전거 뒤에
　　신혼을 태우고
　　단칸방을 나서던,

그

여자

또, 봄날이 오고 있다
                    —「봄은 자전거에 실려간다」전문

　따스하면서도 달콤하다. 또 밝고 눈부시다. 그의 시가 추
구하는 본령은 아닐지라도 그가 따스하고 밝은 시심의 소
유자임을 말해주는 대목이기도 하다. 아주 쉬운 언어로 극
히 평범한 이미지를 보여주고 있지만 이 언어의 생략과 탁
마는 아무나 할 수 있는 것이 아니라는 점도 간과돼서는 안
될 것이다.
　한편 그의 시 가운데서는 「축구하러 간다」「파리스의 사
과」「북」「그리움의 사회화」「신포도 기제」등 냉철한 자기
성찰의 시도 아주 주요한 부분을 차지하고 있다. 이러한 경
향의 시들도 문명비평적인 시들과 연계되어 있음은 말할
것도 없다. 밖을 향한 냉철한 시각과 안을 향한 엄격한 기
준은 표리를 이루면서 그의 시로 하여금 지성적 인식의 성
취물로 여겨지게 만들고 있다는 독법도 가능할 것이다.
"포도가 영그는 동안/한때 나는 개였다/한때 나는 늑대였
다/한때 나는 고양이였다/포도가 익었을 때/이미 나는 여
우였다"로 시작하여, "단맛과 신맛 사이엔 담벼락이 서 있
고/포도나무가 아무 일 없다는 듯/담 너머 넝쿨손을 건너
는 그때/나는 이미 여우였다"로 끝나는 「신포도 기제」속

의 "나"나, "눈 먼 인생은 인생을 논할 때만 거기 있곤 한
다"고 했다가 "남과 다른 내가 있다는 오만은 저만치 물러
서고/기실 서로 다른 온전한 삶이란 없다/속으며 숱한 가
지를 뻗어가는 인간의 사회화일 뿐/술이 깨면서 날이 밝으
면서/사회화가 덜 된 내 그리움은 다시/아무도 모르는 오
늘 하루를 향해 집을 나선다"는 결구의 「그리움의 사회화」
의 나는 비단 그 한 사람의 자화상이 아니고 이 시대를 사
는 많은 사람들의 집단 자화상이 됨으로써 그의 시에 또 다
른 의미를 부여하게 만든다.
　시단에 나온 지도 여러 해, 뒤늦게 낸 이 시집은 우리 시
단에서 특별한 자리를 차지하는 시집이 될 것이다.